사라지는 것들에 대하여

시와소금 시인선 · 092

사라지는 것들에 대하여

강동수 시집

시와소금

▌강동수

- 2002년부터 《두타문학》으로 시 창작 활동을 시작하였으며, 2008년 계간 『시와산문』으로 등단했다.
- 2009년 한국문인협회에서 주최한 제19회 대한민국장애인문학상에서 『폐선』으로 최우수상을 수상
- 2010년 구상솟대문학상에서 『감자의 이력』으로 대상을 수상
- 2014년 <국민일보 신춘문예 신앙시공모>에 당선
- 2015년, 2016년, 2018년 강원문화재단, 한국문화예술위원회 창작기금을 수혜
- 현재 삼척에서 프로사진가로 활동하고 있다.
- 시집으로 『누란으로 가는 길』 『기억의 유적지』

- 주소 : 강원도 삼척시 새천년도로5길 31 감성바다펜션
- 손전화 : 010-5368-9901
- 홈페이지 : www.sisarang.net

시의 길에서 오래 걸었다
어떤 길은 너무 가파르게 오르기도 하였고
어떤 길은 평지여서 쉽게 다녔다
미로처럼 끝이 보이지 않는 길을
오늘도 걸어간다
세 번째 시집을 엮으며
서둘러 달렸던 발걸음을 반성하며
앞으로는 여유롭게 한 걸음씩
걸어가야겠다

가야할 길이 멀다

동해바다가 보이는 언덕에서
강동수

| 차례 |

| 시인의 말 |

제1부

제4부

제**1**부

핫립세이지

이름도 생소한 꽃을 분양받았다
—핫립세이지
정원 한쪽에서 서서히 피어나는 입술
붉은색 입술을 가지고 있는 그녀는
정원의 모든 꽃들에게 추파를 던진다
아 뜨거운 입술이라니…
따뜻한 입술에 입맞춤한 나비는
그날 이후
정원의 꽃들에게 골고루 입술을 나누어 주고
겨울을 이겨내고 싹을 틔우던
정원에는 행복한 꽃들이
날마다 사랑을 피워낸다

빛을 가두다

빛을 가두어 준 적이 있다
몇 천 분의 일초를 순간 포착하여
어두운 감옥에 가두었다
내 카메라는 그때부터 몸살을 앓았다
벼랑 위 한그루 소나무와
수면 위 배 두 척
아직 풀려나지 못한 계곡 속의
바위들이 탈출을 꿈꾸며 갇혀 있는 곳
카메라 뚜껑을 열면 해방이지만
그것은 오래된 사진사의 금기사항
순간의 실수로 감옥 문이 열리면
자신의 명예를 내다 버려야 하는 것 또한
독약같이 자명한 일

죽은 나무와 바위들이
하얀 여백을 채우는 인화지에서
다시 살아나는 시간
벼랑 끝에 매달린 나무는 그대로인데

종이 위에 새겨진 키가 자라지 않은 나무는 복제품
바람 불어도 흔들리지 않는 나무가
나무가 아니듯
일기예보에 무심한 배는 배가 아니다

비가 내리는 날은 내가 가두어둔
한줌 빛을 꺼내어 말리고 싶다
그때 붙들린 찰나의 순간
지구에서 사라진 몇 천 분의 일초
그 순간에 사라진 사람들과 나무와
다시 만나는 시간

누구에게는 다시 돌아가고픈
누구에게는 다시 지우고 싶은
불멸의 시간

가슴에 걸린 산

오늘 아침 산책로에서 만난 사람들은
모두 가슴에 산을 품고 있다
저마다 k2 산봉우리가 아니면
몽블랑 혹은 히말라야
검은 소 한 마리 블랙야크까지
깊은 계곡으로 떠나고픈 마음들을 가슴에 달고
강변을 걷는 사람들
나는 이름 없는 산이 되어 그 속을 지나친다

모두가 산이 되고픈 아침
긴 산책로를 따라 달려가는 버펄로 한 무리
나는 이름 없는 등반가가 되어
산속을 헤집고 다닌다
흰 눈을 머리에 이고 말없는 산들이
멀리 직립해 서있는 산책길
그 산을 향해 달려가는 블랙야크
몽블랑 히말라야

산이 그리운 가슴들이 산책로에서

앞서 달려나간다

간격

모두들 버스로 혹은 아스팔트 길을 걸어
집으로 되돌아오는 오후
밤늦은 수업을 위해
넓은 신작로 길을 사이에 두고
기차가 오지 않는 철길로
다니던 때가 있었다

세월을 건너듯 한 칸씩 침목을
건너뛰며
어떤 날은 끝이 없을 듯 평행선으로 이어지던
한쪽 철로 위에 올라서서
외다리로 오래 버티어 보기도 했다
수평이 없는 곳에서의 불안은
오래 가지 않아 허공으로 무너지곤 하였다
철길에 놓인 침목 위로 일정한 간격을 두고
사이좋게 누워있던 철로의 행렬
침묵을 깨트리고 울리던 기차 울음소리는
어느 시점에서 울어대는지

울음과 울음 사이에서 터널은 늘 불안에 떨었다
철로에 귀를 담아두면
그 끝에서 전해오는 불안은
이내 현실이 되어 달려오던 기차

세월의 시간만큼 오래된 기억들
이제는 기차가 오지 않는 길에
벚꽃 터널이 생겼다
일정한 간격을 두고 앞다투어 피어나는
하얀 꽃잎들
바람에 일찍 몸을 맡기는 잎들이
산 너머로 긴 여행을 떠나고 있다

거미

먹이가 없는 길을 두고 마냥 기다릴 수 없는 거미는 바람에 흔들리며 제 몸의 양분을 쏟아내며 또 다른 길을 만들어간다 바람에 흔들리며 위태롭게 걸어가는 길 숨죽이며 먹이를 기다리는 한낮

미세한 떨림에도 촉수를 세워 응시하는 곳에는 바람의 문장만 걸려있다

가을을 지나는 나무의 그림자가 길다

꽃샘추위

자고 나니 봄이 사라졌다
꼭 이맘때면 나타나는 일이다
옷장 속으로 달려가지 못한 옷들이
엉거주춤 옷걸이에서
민망하게 눈치를 살피다
창문으로 밀려온 밤을 맞아들인다

오리털 점퍼가 선택의 갈림길에서
마지막 할 일을 찾은 것도 이맘때 일
꽃을 피우려던 봉오리들도
꽃씨를 심으려던 손길도
잠시 방황하는 시간
그사이 붉은 동백은 피고 지고
작년에 사다 심은 매화나무
겨울과 봄 사이에서
길을 잃었다

계절의 뒤안

―조금 아쉬울 때 가는 것이 좋다
지금 떠나면 딱 좋다
슬퍼하지 마라―

영동고속도로를 달려
집으로 돌아오는 차 안
어머니는 슬픈 얼굴의 나를 달래셨다
그날은 큰 병원을 떠나
고향의 병원으로 돌아오는 날
지금껏 살아온 이력으로
말은 없어도
마지막 떠나보낼 준비를 하는지
아시는 어머니는 나를 위로한다
아쉬울 때 떠난다고
아프지 않으랴
슬픔이 없으랴

차창 밖

산등성이 위로
메마른 바람이 지나간다
계절을 떠나보내는 마른 억새들
소리 내지 못하고
속울음 삼키고 있다

굴러다니는 추억

좁은 시골길을 네발로 굴러가는 유모차는
할머니가 의지하는 발이다
지팡이보다 편하다고
외발 막대기를 내던지고
두 손으로 끌고 가는
네발 달린 차

아무도 태우지 않는 빈 공간에
어릴 적 추억을 싣고
골목길을 밀고 다닌다
할머니의 어머니
그 손끝에 매달려 실려 가는 꿈

먼 기억의 저편에서
들려오는 칭얼거리는 울음소리
배고파서 우는 아기소리
바람 따라 흐르던 자장가
외발 막대기가 사라진 동네에

추억들이 굴러다닌다
적막한 시골길에
사라진 아이 울음보다 더 많은
할머니의 기억들이
굴러다닌다

귀소歸巢

수시로 창고를 들락거리는 고양이에게
구석진 한 칸을 세놓았다
그날 이후 창고의 주인이 바뀌었다

오늘도 제 집을 살그머니 다녀가는
어미 고양이 한 마리
지상에 마련한 방 한 칸으로
찾아 들어가는 저 귀소
새로 태어난 새끼에게 부지런히 먹이를 나른다
창고에 물건을 가지러 갈 때면
어미 고양이 부재를 확인해야 한다
고양이는 내 눈치를 살피고
나는 고양이 눈치를 살피고

하루를 접고 집으로 돌아갈 때면
수험생이 있는 집안에
소리 없이 살며시 잠입한다
잠자리에 누워서 새끼에게 돌아갈

어미 고양이를 생각한다
한쪽이 허물어진 상현달이
고양이를 뒤따르다
문턱에서 걸려 되돌아간다

그 집

그 집은 골목 안에서
오후의 햇살을 감추고 있다
일주일 단위로 복을 나누어주는 그 집에서
비밀스러운 숫자를 나누어 가지며
돌아서는 사람들

아무에게도 발설하지 못한
밀봉된 암호를 지갑 속에 간직하고
길을 나서는 이들의 꿈들이
희망으로 나부끼는
그 집에는
여섯 개의 숫자들이 어지럽게 뒹굴다
끝내 폐기 처분된 지난 꿈들이
한쪽에 밀려나 있다
희망은 멀리 있지 않다고
오늘도 잡힐 듯 잡히지 않는
행운을 팔고 있다

.

꿈을 잡은 이들의 숫자가
입구에서 펄럭이며 오는 이들을
반기는 그곳
햇살 따뜻한 날
그 집에 다녀와야겠다

나무의 길

정원에서 자라는 나무 한 그루
제멋대로 뻗어가는 가지를 자를까 고민하다
하늘로 치미는 나무의 고집을 꺾어버렸다
가슴을 철사로 감아올려 나무의 길을
땅으로 돌려놓은 후
몸을 펴지 못하는 나무는
가볍게 부는 바람에도 몸살을 앓았다
위로 내딛는 나무의 발걸음은 수억 년 걸었던
나무의 내력
땅속 수맥을 끌어올려 목을 축이던 나무는
수시로 동맥경화를 앓았다
구름의 울음으로 대지가 차분해지는 날이면
저마다의 길에서 잎을 틔우는 나무들
온몸으로 비를 견디는
관절이 꺾어진 목백일홍 한 그루
핏물 같은 꽃 한 송이
피워 올린다
비 내리는 날은 목마른 나무들이

새롭게 힘을 얻는 시간
정원 한 켠에서 나무 한 그루
새로운 길로 발을 뻗는다
푸르른 하늘 한쪽이 길을 내준다

농담

세상이 다 아는 시인이 괴물이 되었다
살던 집도 벗어버리고
강의도 내려놓고
명예교수도 내려놓았다
오래 전 치마 속으로 슬쩍 들이민
불순한 손이 화근이다
시를 쓰던 고상한 손이 잠시 이탈을 하였다

세상이 다 아는 배우가 치한이 되었다
예쁜 마누라 엄마 닮은 딸을
모두가 부러워했는데
배꼽 아래를 잘못 다스린 벌을 받는다
습관성 농담 같은 진담으로
나이어린 제자들을 추행하였다

오래전 나도 농담이 심했다
아무도 시비를 걸지 않는
내 이름이 불쌍하다

잊혀진 애인이여 내 이름을 불러다오
오래전 농담을 기억하고
추행이라 말해다오
한때 피 끓는 청춘이 있었다고
세상에 알려다오

.

.

#ME TOO

누란 미녀

사막의 모래바람이 다녀간 자리
생이 마지막을 마친 후에
모래는 그녀의 이불이 되었다
햇살이 당도하지 못한 이곳은 고요의 바다
누란왕국에서 멀어져 언제 멸망하였는지
알 수도 없었지만
꿈속에서 다급한 말발굽 소리를 들었다
비명도 들렸고 성이 무너지는 소리도
들렸지만 지금은 고요의 시간
이곳은 사방이 유리로 둘러친 누란박물관
이천 년도 더 아득한 옛이야기를 안으로 가두고 있다
타클라마칸 사막의 모래언덕은
유년의 놀이터
낙타의 심장을 빌려 사막을 건너다녔다

붉은 머리카락과 푸른 눈을
보여드리지요 당신에게
이천 년 전의 내 모습이 보이나요

실크로드를 낙타를 타고 건너며
모래폭풍을 견디었군요
당신은 이미 누란왕국에 다녀간 사람
내 손톱의 꽃물 들일 때
꽃을 꺾어다 준 사람일지도
누란은 당신 가슴에 있어요

꽃의 이름을 잃어버렸다

지난 가을에 심은 꽃이 피어났다
게으른 내가 겨울도 이겨내고
봄에 대지를 뚫고
스스로 피어나는 모종을 사다 심은
여름꽃
봄에 싹을 틔우더니
언제 피어났는지 밤새 만개하였다
내 앞에서 환하게 웃는 꽃의
이름을 부르려다 생각을 떨어뜨렸다
머릿속에 맴도는 이름
이제는 까마득하여
꽃 이름이 생각나지 않는다

나는 가끔 이름을 잃어버린다
꽃보다 아름다운
사람의 이름을

제2부

몸살

살구나무에 봄이 내려앉았다
봄바람이 간지러운 나무는
작은 바람에도 몸살을 앓는다
톡
·
톡
·
살구나무에 열꽃이 피어난다

달의 실종

밤의 길에서 달이 실종되었다
궤도를 벗어난 기억도 없는데
사라져버린 달의 그림자
달이 사라져 어두움이 살찌는
밤의 길에서
가로등의 불빛은 불면이다

밤마다 아버지는 길을 잃어버렸다
바다에서 돌아온 지 오랜 시간이 되어도
육지에 불시착한 발걸음은 언제나
바다의 끝
간간한 파도로 간을 맞추던
질펀한 농담과 바다보다 독한 독주
기록되지 않는 욕설이 오가는 술집에서
날마다 아버지의 육로는
길을 잃었다

잠들지 못하는 산위에 매달린 집

달을 잃어버린 날에는
골목이 가로등을
먹여 살리고 있다

당신과 나는 오차범위 내에 있다

당신과 나는 지금
신뢰수준 20% 플러스 마이너스 5%
오차범위 내에 있다
신뢰수준이 더 이상 내려갈 수 없을 때
종종 사람들은 미련 없이 돌아서지

유빙遊氷처럼 제자리를 맴돌며 지나온 날들
시간은 언제나 평행선을 그었지만
오차범위는 늘 위험수준에 다다라있다

신뢰를 잃은 사람들의 이별 소식은
출구조사처럼
마을을 떠돌아다니고 있지만
한계선에 머물러 있는 우리의 시간
사랑하기 때문에 헤어진다는 연인은
아직 신뢰수준이 남아있기 때문

열정의 시간을 지나서

세월의 빗금에 닿아있는
우리는 아직
오차범위 내에 있다

돌은 언제 옷을 입는가

열꽃으로 피워 올린 아픔이
모여 있는 곳에 초대되었다
좌대 위에 정좌하고 앉아있는 저 돌은
언제 꽃피웠는가
백지처럼 순결한 몸을
처음으로 만난 물길에 몸을 허락하고
환희에 몸을 떨던 순간들이
한 점 꽃잎으로 지워지지 않는
문신을 새겼다

불어난 강물 속에서 벗어나
오랜 아픔을 몸으로 말하고 있는
수석전시장
유심히 살피는 사람들의 관음증에
누워있는 돌들이
부끄러움에 떨고 있다
선명한 아픔이 깊을수록
오래 감상하는 사람들

돌은 언제 옷을 입는가

만담漫談

너 그것 아니?
울진 삼척 무장공비 사건
알면 아재지
모르면 신세대
그런데 내 고향이 삼척인데
나도 공비를 몰라
그것은 아주 오래된 얘기
그때 나타나던 공비는 지금 간첩이 되어
비행기 타고 온다나 뭐라나
내가 간첩이요 해도
신고도 안 한다는 요즘

오늘 뉴스에 나오는 화면은
남쪽과 북쪽을 넘나드는
두 사람의 포옹
경찰에 신고하면
포상금 두 배로 타겠네
나 얼마 후에 백두산에

오를지도 몰라

아니면 스위스로 떠날까

모란동백을 듣는 밤

어디선가 모란꽃이 피어 우는가
별들도 숨죽이는 밤
동백은 겨울의 청춘을 지나
지금은 잎새만 무성하다
모란과 동백이 공존하는
노래 속에서
가수는 나를 잊지 말라고
세상은 바람 불고 쓸쓸하다고
저음으로 호소하고 있다

노래를 만든 이는 화가畵家*
노래를 부른 유명가수는 화가를
흉내내다가
쓸쓸히 잊혀지고 있다
어디선가 동백꽃 하나
바람에 떨어지고 있다
노래는 마지막 소절에서 흐느끼고 있다
또 한 번 모란이 필 때까지

나를 잊지 말아요

* 소설가이자 화가인 이제하 작사 작곡의 노래

미완성 詩

새로 신설된 방송프로그램
'나는 가수다'를 밤늦게 시청하였다
모두가 아는 유명가수들이
백번도 더 불렀던 노래를
또 한 번 멋들어지게 부르고 순위에 밀려
탈락하는 서바이벌 게임프로
아쉽게 뒤돌아서는 이의 등 뒤로
어두운 조명이 내려앉는다

오늘도 시를 쓴다
백번도 넘게 머리에서 맴돌던 생각을 깎아
흰 여백을 채워나간다
오래 달구어진 시어詩語들이 제자리를 찾지 못하고
오래도록 서성거리는 날
내가 쓰다만 시詩들이 어딘지
무명가수의 노래를 닮아있다

무지개다리

강물 위를 지나던 빛바랜 다리에
무지개 조명을 덧칠하였다
맨얼굴에 화장을 한 여인처럼
낯설게 느껴지는 밤

칠월 칠석도 아닌데
달이 가까이 내려앉는다

강둑에 집짓고 사는 물고기들
오작교 건너 밤마다
무지개꿈 꾸겠다

묵호

1

묵호라고 나직이 부르면 까닭 모를 슬픔이
밀려온다
낡은 양은냄비 같은 이름 묵호
아침에 떠오르는 햇살 같은 동해로 지명이 바뀌었지만
나에게는 아직도 해진 뒤 파장하는 시장통 같은 이름
어판장을 메우던 오징어 떼 다들 사라지고
선원들 육두문자 해풍에 날아간 묵호는
더 이상 묵호가 아니다
그 옛날 차 한 잔에 웃음 팔던 나폴리다방
머리에 광주리 이고 언덕배기 오르내리던 방울장수
지금은 논골담길에 화석으로 남아있는 동네

2

안묵호인지 암묵호인지 확인되지 않은 지명으로
불리던 이름은 언제나 어스름한 어판장과
질펀한 뱃머리의 생선 같은 동네였다
오징어가 풍년이면 가난한 연탄창고와

부엌의 쌀독에 살이 찌는 시간
집집마다 마당에 코가 걸린 오징어가
햇볕에 몸을 말리면 산꼭대기부터
동네가 살아난다

3
묵호의 그리움으로 살아가는 곳에 서 있었다
지나간 일들을 어제처럼 들려주는 옛사람들이
동네를 지키고 있고 어판장이 내려다보이는 곳에
복원된 나폴리 다방에는
그 시절의 노래가 흐른다
이곳은 추억으로 양식이 되고
그림이 되는 곳

동해안 7번 국도에는 아직도 묵호가
살아서 숨을 쉬고 있다

밀레와 뭉크

복제된 그림으로 채워진 전시장에서
밀레와 뭉크를 만났다
황혼에 드리는 부부의 기도와 절규하는
한 사나이를 빌려다 놓았다
평화롭다는 것은 어스름한 저녁의
또 다른 언어
멀리 산 아래 숨죽이던 어둠이 스스로 영역을 넓히는
시간이 돌아오면
하루의 일과를 마치고
간절히 두 손을 모으는 시간
하늘로 솟아오르던 억센 잎들이
고개 숙이는 시간
새들도 고요히 제집을 찾아 들어간다

또 다른 공간을 채우고 있는 복제품들
산 로마노전투*와 알프스산맥을 넘어가는
영웅이 진격을 외치는
산맥에서 공포에 절규하는 사나이가 있다

공포와 절규는 이곳에서 동격어

평화와 공포가 공존하는 곳에서 여유로운 것은

꽃피우고 있는

붉은 꽃들뿐이다

어디선가 또 기도하고 절규하고 있을 그림들

−수태고지

전시장의 마지막 문장을 보티첼리가

채우고 있다

* 파울로 우첼로

바다의 언덕

바다가 보이는 언덕에 서 있었다
태초에 불었던 바람은 내 앞에 당도하여
힘없이 쓰러지고
난민처럼 언덕에 닿아
쉼을 얻는다

수평선 너머 붉은 해가 건너올 때까지
암호처럼 점멸할 시간을 가두어두고
잠든 등대를 오래 바라보았다
온전히 바다만 바라보는 날에는
수평선의 경계도 사라지고
마음의 빗장도 풀어지는 날
붉은 기둥을 바다 끝에 담그고
어둠을 기다리는 등대는
아직 불을 점화하지 않는다
밤에 속한 족속이므로

어둠이 건너오기에는 이른 시간

나는 태양의 축복 속에

언덕에 누워

마음을 내려놓는다

바람도

나도 조금씩 소멸되어 간다

바다의 이력

바다에서 돌아오지 않는 배를 기다리다
지친 사람들이 굿판을 벌였다
그것은 태풍이 다녀가고 한참 후의 일
작두 위에서 춤이 흩뿌릴 때면
바다에서 맴돌던 이야기들이 살아 돌아와
굿판에서 울음으로 되살아나곤 하였다

농진 음악도 끝나고
모두가 돌아간 저녁이면 마을에는
해일이 밀려와 물속에 잠긴 사람들의
침묵만이 밤새도록
마을을 지키고 있었다

바다를 떠나지 못한 사람들은
바다에 저당 잡힌 사람들
어떤 이는 산목숨을
어떤 이는 죽은 목숨을
이곳에서 생은 언제나 반짝이는

등대 불빛처럼
찰나에 결정되곤 하였다
아직 돌아갈 곳을 찾지 못한
먼바다의 어선을 위하여
밤새 등대는 제 몸을 불태우며
바다 끝에 서서 잠들지 못하고 있다

밤의 무늬들

어둠에 익숙지 않은 자들은
가끔 밤의 그림자에 빠진다
높은 철조망 작은방에 갇힌 자도
야행성 동물같이 담을 넘다가 넘어졌다
수리부엉이도 낮이면 길을 잃고
동굴 속에 웅크린 박쥐도 어둠이 생명이다
숙련된 어둠의 조리사를 우리는
한때 대도大盜라 불렀다
어둠에 물러나
그가 다시 담을 넘을 때
허공이 그를 삼켰다
그것은 한낮에 일어난 일
야간대리운전사가 달리는 길은
자동차 불빛을 먹고 산다
허기진 길들이 불빛을 끌어당겨
제 갈 길을 잃은 자동차 타이어가
부고장을 문밖에 전해주었다

가장 오래된 어둠은
알타미라 동굴 속 물고기를
날마다 키우고 있다

바람의 부역

풍랑의 경고를 무시한 배가
만선에 취해 돌아오지 않는
항구에 서보면 안다

깃발의 흔들림에 민감한 사람들은
내일의 기약을 바람에 예약해두고
산다는 것을

바다에 사는 사람들은
날마다
바람이 먹여 살린다

제3부

봉인된 언어

재단이 잘못되어 밑단이 서로 붙어있는
문학지를 받았다
한 장씩 칼로 도려내며 읽어 나간다
서로 붙어있지 않았으면
헐겁게 읽었을 시어들

입 다물고 잠들어있는 문자를
한 장씩 도려내며
행간을 읽을 때마다
선혈이 낭자한 언어들이 말을 건넨다

시는 그렇게 써야 한다고
시는 그렇게 읽어야 한다고

봄

겨울을 지나온 거리마다 가로수들이
화려하게 꽃을 피웠다
두꺼운 옷을 벗어버린 사람들은
저마다 거리에서
웃음꽃을 흘리고
겨우내 비워놓은 가슴에
꽃잎을 주워 담는다
꽃들은 언제 나무와 작별하는지
아무도 관심이 없는 거리에서
바람에 떨어지는 봄꽃들
잠에서 깨어난 수선화는
눈 녹은 땅을 조금씩 밀어 올려
겨울을 한 뼘씩 물러나게 한다
바람이 지나는 가지마다
잎을 틔운 싹들이 몸을 비트는

봄이다

불면

― 매트리스

아침 출근길 골목 담벼락에 기대어
잠을 청하는 뼈가 서있다
오래 사용한 관절이 아픈지
눕지도 못하고 서서 잠자는 몸
집안의 거실과 가구 사이에서 온몸으로 받들던
힘의 균형을 잃고
미련 없이 집 밖으로 버려진 아픈 뼈마디는
요양원에 있는 노인을 닮았다
아무도 찾지 않는 영혼 없는 몸이
잠든 아침에
일상이 분주한 이들의 발걸음은
시간의 벽 안에 갇혀있다
벽을 뚫고 나온 곳에
벽이 되어 서 있는 몸
아침햇살이 조문을 하고 있다

25시 여의도

— 국회의사당

이곳에서는 우리가 알지 못하는 음모가

날마다 자란다

간혹 새어 나온 비밀은

추자도 혹은 격렬비열도까지 날아가

격렬한 싸움을 하기도 하지

섬에서 살던 이들이 수년 후 사라져도

아무도 수배되지 않는다

잃어버렸던 얼굴들이 불쑥 개선장군이 되어 돌아오는 일도

이곳에서는 흔한 일이지

312호 또는 638호

각자의 방마다 비밀금고를 지키는 책사만이

밀봉된 비밀의 문을 여는 입을 가졌지

자신의 땅을 할당받은 이들은

수년째 입으로 농사를 짓고 있다

정해진 기한에 흉작이 찾아오면

송두리째 땅을 잃기도 하지만

이들에게 소작인은 수확기를 제외하면

언제나 힘없이 밟히는 잡초이다

오래 경작할수록 단단해지는 땅을 뒤로 두고
섬으로 섬으로 새로운 계략을 도모하는
이들이 모여들고 있다

봉분같이 솟아있는 지붕을 안고
서 있는 이곳에는
어떤 음모도 용서되는
큰집을 가지고 있다

사라지는 것들에 대하여

1

수시로 몸을 바꾸다

사라지는 구름의 주검을

미스터리라고 부른다

끝까지 하늘을 바라보지 않는 이들이

분주히 거리에서 사라지면

뒤늦게 도착하는 구름의 부고장

시간이 지난 부음에 아무도 오지 않는다고

바람이 급하게 전하고 사라진다

구름의 죽음은 영구미제 사건으로

하늘에 기록되었다

2

아침에 보았던 태양이

몸의 색깔을 바꾸고 산에 걸렸다

어둠을 불러오는 마지막 붉은 선혈을

산에 토하고 사라지는 것을

해의 죽음이라고 해야 하나

아무도 조등을 달지 않는 죽음을
떠나보내며 사람들은
내일의 희망을 얘기한다

3
잠깐 봄인가 생각할 때
피었던 벚꽃도
바람 불던 날을 지나고 사라졌다
다시 봄바람 불어올 때까지
기억하지 않을 벚나무가
검은 열매를 달고 있다
꽃피우지 못하는 것들이 도열해 있는
가로수 길을 걸었다
산에 걸려 붉게 울던 태양이
모습을 지울 때 나를 미행하던
그림자가 사라졌다

솟대

날아갈 곳을 잃어버린
저 나뭇가지 위의 새를 어찌할거나
바람 불고 비가 와서
깃털이 젖어도
생각에 잠긴
철학적인 새를
아
.
.
어쩔거나
어찌할거나

옛집

빈집에서 유숙하고 일어났습니다
이불 한 채에 여럿 추운 다리들이
신세지던 아랫목도
검게 타버린 흔적으로
뜨거웠던 엉덩이의 추억들이
눌어붙어있습니다
군불이 가장 오래 머무르던 시간만큼
귀가를 기다리던
이불속 아버지의 밥그릇과 함께
그곳은 한 때 집의 중심이었습니다
나는 아직 오래된 집의
영역에서 서성이고 있고
이곳에 분실된 시간들을 놓아두고
모두들 어디로 갔을까
그 집은 오래전 묵었던
나의 옛집입니다

시가 있는 아침

문틈에 배달되는 조간신문이
날마다 시 한 편을 달고 온다
주석이 달린 처음 만나는 아침의 언어
나도 그이와 같은 생각을 했었는데
왜 시 한 편을 건질 수 없었는지
언어의 사유에 감동하고
나와 아무 관계 없는 사람을 스쳐 지나듯
증권소식과 지구 반대편 전쟁소식들을
뒤편으로 넘기면
아침이 바삐 지나간다

전쟁과 평화 그 사이에 시가 있다
날마다 시 한 편을 달고 아침이 오는 사이
전쟁으로 몇몇은 죽고
누군가는
시 한 편을 쓰고 있다
아무렇지도 않은 듯
아무 일도 없는 듯

시집詩集

지인이 새로 보내온 시집을 읽는다
몸을 덥히던 히터도 끄고
차가운 바닥에 앉아서 읽는다
나른한 생각과의 이별을 위해
정수리로부터 떨려오는 시 한 구절을
붙들기 위해
불면의 밤을 보내며 써내려갔을
그 밤의 열정을 나도 느끼고 싶다
사랑도 없고 그리움도 없지만
사랑보다 더 아픈
고백에 나도 흠뻑 빠지고 싶다

시집을 읽는다
언어의 바다에서 오래도록
서성이던 한 사람이 그리워진다

아파트 혹은 아프다

사람들은 그들이 지어놓은
이름 속에 갇혀 산다
스스로 지어놓은 이름은
래미안, 휠스테이트, 아크로빌
고상하고 아름다운 이름 속에
그 옛날 춘자, 영자, 말자도 살고 있다

이름이 불편한 말자, 춘자가
새로 개명한 영애 희선이가 되어
몸이 불편한 이들과 싸운다
특수학교에 다니고픈 아이들을
용서할 수 없어 싸운다
고상하지 않은 학교가 싫어
오늘도 데모를 한다

길 건너 개명하지 않은
오래된 아파트가
몸살을 앓는다

암캐 서울

전철을 타기 위해 지하철 계단을 내려가는 길
건너편 벽에 보이는 포스터 문구를
읽어 내린다.

—암캐 서울—

그래 서울은 암캐다
부지런히 새끼를 낳아 비좁은 공간에서
새끼를 품고 있는 우리 집 암캐 같은
비좁은 도시
계단을 내려서서
자세히 읽어보는 문구

—함께 서울—

오래된 기억

밤이 깊어도 아버지는 오지 않았다
바다에서 아버지와 목숨을 걸었던 트롤어선은
항구에 정박한 지 오래

기다림에 지쳐
뱃머리로 철없던 아들을 보내던
어머니의 눈동자가 잠시 흔들렸다

그때 나는 형의 손을 잡고 어두운 골목길을 지나
항구의 끝자락을 향해 걸었었다
무허가 점포는 파도에 단련된
낮은 지붕을 이고 어판장 끝에 매달려있고
삐걱거리는 문을 열고 들어서면
화투 패에 또 다른 목숨을 걸고 있는 아버지
어머니의 외상 쌀값과 우리 형제의 밀린 육성회비가
아버지의 손끝에서 허공을 가르고 있었다

긴 침묵의 시간을 견디고

아무 말도 하지 못하고 돌아서는
우리 형제의 손에는 언제나
과자 한 봉지씩 들려져있었다
미안한 마음에 집어주었던 선술집 마담의 마음도
과자에 매달려 언덕 위
단칸집에까지 따라왔다

육성회비도 외상 쌀값도 다 허공에 저당 잡히고
돌아온 날은 밤이 늦도록 목소리가 높았던
아버지의 귀가
날이 밝아 학교 가는 발걸음은
선술집 낡은 문짝 같은 것

아버지도 떠나고 술집 마담도 늙어버린
세월의 뒤안
바다로 떠난 형아를 기다리다 지친
어머니도 떠나버린 빈집에서
오늘 눈물 어린 시 한 편을 쓰게 한다

어둠의 풍경

등대가 반짝이면 항구가 가까이 있다는 것을
알아차리고 닻을 준비하는 손길들
그 반짝이는 간격으로 인해 어떤 항구인지
알아차리는 것은 선장의 몫
무선부호처럼 탁- 탁- 거리는 엔진음이
육지와 손잡으면 살아나는 계선주繫船柱

나에게도 반짝이던 날들이 있었지
밤바다의 불빛처럼 불 밝히던 가로등을 지나
불안한 계단을 딛고 돌아서던 골목길
산중턱에서 바라보던 바다는
언제나 등대의 반짝임만 변함없었다
바다에서 바라보는 그 곳

빛의 간격이 도시를 정하고
육지로 돌아가는 귀향 표를 알리는
항구의 끝자락
당신이 신문을 읽거나 아직 잠든 사이에도

등대는 반짝이고
불면의 밤을 깨치고 하루를 여는
발자국이 있다

밤이 깊은 골목에는…

오독

첫 문장이 어려운 시를 읽었다
다시 한번 읽어도 해독되지 않는 시를
고집으로 읽어 내리면
나는 모국어를 잃어버린
난독증 환자
시를 세상에 내어놓은 이와
행간을 읽어내다 길을 잃은 나
그 사이에는 건널 수 없는 깊이의
강이 놓였다
당신의 고뇌가 문장마다 걸려있지만
애초에 지나온 시간만큼 긴 간격을 틈을
외면한 나의 무례를
내가 용서하기로 했다

이것은 내가 받아든 한 권의
시집에 대한 독백이다

제**4**부

2시에는 데이트를

바보상자도 가지지 못하고 좁은 방안
고물 트랜지스터라디오는
어김없이 2시의 희망을 노래하던 시절이 있었다
한낮의 춘곤증도 이겨내고 오후에 예고된 데이트
늘 음악이 흐르던 2시에서 시작하여 4시에 이별하였지만
내게 약속하지 못한 때에도 사연은 멈추지 않고 흘러서
데이트는 언제나 2시에서 4시에 멈추었다
내 젊음을 담아내고 막막한 청춘의 시간을 달래주던
시간과 시간을 뛰어넘어
이제 그 시간은 되돌아오지 않지만
그때 들었던 음악은 옛 시간을 언제나
내 앞에 데려다 놓는다
2시에 데이트하던
흘러간 음악을 듣는 시간에는
옛 시간들이 달려와
반갑게 재회한다

점자

그녀의 손이 더듬으며 읽어 내리는 문장에는 나의 혈맥과 뼈마디가 있다

──근육이 뭉쳤군요
손마디가 해독되지 않는 문자를 해석한다 그것은 오래 방치되었던 언어 언제 잃어버렸는지 생각도 나지 않는 책갈피 속의 비밀의 화폐 같은 것 엄지인지 검지인지 지그시 누르며 압력이 더해지면 오래 녹슨 철문처럼 삐걱거리며 열리는 문장들 그녀의 손이 다시 첫 문장부터 읽어 내린다 비로소 맥이 이어지는 언어들

──돌아누우세요
그녀가 다시 해석한 문장은 앞뒤가 바뀌어있다 실명한 눈이 알아차리지 못한 곳을 손이 더듬으면 굽었던 마디마디가 풀어진다 급하게 읽어 내린 문장과 문장이 재해석되어 자리를 잡았다

──일어나 앉으세요

그녀가 손으로 읽어 내리며 고쳐 쓴 문장이 완성되어 간다 앞
으로는 자세를 바로하고 허리에 무리를 주지 말라는 주의사항
을 곁들어 나의 문장이 마침표를 찍는다 돌아서 나오는 그녀의
집 마당에 눈뜨지 못한 꽃봉오리들 봄 햇살에 환하다

정원에 꽃피다

정원에 바늘꽃이 피어난다

꿀벌이 다녀간 뒤

바늘에 찔린 구름이 울음을 쏟아내고

나의 정원에 피지 못한 목련이

제 몸의 양분을 끌어올리고 있다

한때 시들었던 줄기가 다시

잎을 도모하듯

나의 생각에도 꽃이 피어나는가

오늘 다녀간 구름이 내일 다시 올지도 몰라

그것은 밤에 피어나는 별들에게 예약된 일

남태평양 어디쯤 바다에서 일어서는

구름이 또 다시 비를 안고 돌아올지도

모르는 계절

불안한 꿀벌들이 꽃들 사이로

지문을 남기고 지나가는 사이

나는 오늘 목마른 한 잎의 임파첸스에

물을 뿌린다

정원이 살아난다

족보族譜 책을 넘기며

시원始原을 거슬러 오르면
바옌카라산맥을 머리에 이고
도도히 흐르는 황하黃河의 물소리
내 생生의 첫 씨앗을 품고
몽골의 초원을 달리는 말발굽소리
떠나온 길이 아득하다

고비사막을 넘던 바람이
오아시스를 만나면 잠시 쉬어가고
시간은 햇살 아래 늘어져
속살을 벗는다
숲을 헤치고 지나온 한 줄기 바람은
길을 재촉하고
내 생生의 첫 씨앗도 파도를 넘어
쉼 없이 내달린다

행간과 행간 사이에서 돌림자를 찾아내면
잊어버린 기억에서 살아나는

따뜻한 피의 대물림
증조부는 할아버지를
할아버지는 아버지를
아버지는 나를…
몽골반점을 두르고 먼 곳에서 달려온 씨앗들이
두꺼운 책 속에서 길을 만들고 있다

집수리 하는 날

묵은 기와를 걷어 올리면
바람이 머물다 간 자리마다
흔적처럼 쌓인 사연들이 자리를 털고 일어선다
대들보를 붙들고 힘겹게 살아온 추녀도 무거운 짐을
허공 한 켠에 벗어 놓는다

하늘을 향해 뻗치던 손짓도
허물을 벗고 지붕 끝에 매달려 방안을 엿보던
사연들도 허공 속에
흩어져 버린다

가난한 마음으로 산다는 것은
가끔 지붕을 털어내듯
내 몸을 털어내는 일이다
아픈 기억이 머물다간 자리
마음속에 쌓인 오랜 먼지를
털어버리며
파란 하늘 아래에 서보는 것이다

아픔으로 머물던 사연들을
미련 없이 씻어내는 일이다

칠동네 사람들

학교로 가는 길은 늘 개구리 울음소리가 울렸다
정문에 다다를 때면 언제나 보이던
운동장 너머 가옥 일곱 채
아이들이 칠동네라고 부르던 집들은
초등학교 언덕 위에
풍경을 그리며 누워있었다
한 번도 만나본 적 없는 사람들이
가끔 피워 올리는 굴뚝의 연기로
생존을 알리던 곳

오랜 세월에 초가집은 아파트로 변하고
행운의 숫자를 달고
산속에 그림을 그리던 집들은 바람 불면
운동장에 펄펄 날리던 먼지와 함께
모두 사라지고 없었다

개구리 합창소리에
기억의 끄트머리에서 건져 올린

일곱 개의 지붕들
사람들은 모두 행운을 찾아 도시로 떠났을까
오늘밤 예전보다 낮아진 언덕에는
수천 개의 반짝이는 눈들이
운동장을 내려다보고 있다

편백나무는 살아있다

방안을 벽지를 대신하여
결대로 자른 나무를 붙였다
일본에서 넘어온
히노끼라 불리는 나무에 옹이가 박혀있다
옹이는 나무의 기억들

밤마다 나무는 아름다운 기억을 쏟아내고
그것은 향기가 되어 방안에서 맴돌다
예정된 아침이면 먼 여행을 떠난다
자신의 몸을 태워 향기를 발하는 나무의
기억들
오늘도 나무는 홋카이도 어디쯤
추위를 견디고 이국의 방안에서
낯선 풍경을 지키고 있다

내 방에서 잠들어있는 옹이를
오래 바라보는 밤이면
지워지지 않는 흉터로 남아있는

나무의 아픔이 조용히 말을 걸어온다
옹이는 성장통의 흔적
따뜻한 방안에 온기가 번진다

항구의 뒤편

이곳에서 보이는 등대는 두 개의 반짝이는 불빛이
풍경을 그리고 있다
시간과 시간을 유지하며 점멸하는 이곳은
모든 것을 감추고도 모자라
물빛 속으로 숨어든 붕장어나 우럭 같은
생들이 살고 있다
어둠을 지우는 불빛으로 인해 항구는 잠들지 못하고
아직 귀가하지 못한 어부의 발걸음이 시간의 지느러미를
달고 배회하는 어판장의 뒷골목
분단장한 여인네의 콧소리가 방마다 스며 나오는
이곳은 난파된 사람들의 정박지
다시 바다로 나갈 수 없는 폐선들이 모여
마지막 항해를 꿈꾸는가

절망의 또 다른 이름은 망각
바다에 다 버리지 못한 회한을 안고
육지에서 바다를 경작하는 사람들
아직도 풍년을 꿈꾸는가

언제 만선을 꿈꾸었던가
마지막 남은 희망의 끈을 술병에 담아두고
돌아서는 사람들
오늘 생은 비루하지도 절망적이지도 않다고
또 하루를 지내왔다고…

쇠별꽃

이곳에서 자라지 않는 나무는
바람으로 잎들을 키운다 멀리 몇 채의 집들도
둥글게 바람의 길을 열어주고 누워있다
게르
사막으로 통하는 길들 위에 아직 해산하지 않은 말들이
바람의 언어로 초원을 달려나간다
한쪽으로 누워있는 초지들은
바람이 지나가며 쓰다듬어 준 흔적
둥글게 말려서 순하게 순응한 것들이 사람과 어울려
동거하고 있다
그래서 모래 언덕도 혼자 서지 못하고 둥글게
서로 손을 맞잡고 누워있고 낮게 흐르는
바람들이 유목의 시간을 늘려나가는 초원
아직 싹을 틔우지 못하는 씨앗은
몇 번의 목마른 건기를 지나 멀리 사막에서부터 들려오는
비의 이동경로를 추적하고 있다

이곳에서 순산한 둥근달은 밤이면 별들을 달고 와

게르 위에 걸어 두었다 어떤 별들은 짝을 지어

지상으로 내려온다

초원을 달리던 말들이 별을 삼켰으나

말들이 순산한 별은 아직 발견되지 않았다

사막에서 별들이 나타나 길을 밤길을 안내하기도 하지만

말들이 순산한 별은 아무도 본적이 없다

사막여우가 다시 묻어버린 별들은 지상에서 꽃의 이름으로

문득 피어난다

쇠별꽃

당신의 발밑에 언제 피어날지 알 수 없지만

당신이 별을 바라보고 꿈을 꿀 때

문득 가슴에 피어나는 꽃

봄이면 게르가 누워있는 들녘에 별들이 피어난다

무리지어 꽃피우는 것은 밤에 길들여진

별들의 선단

초원을 떠나와도 별은 여름 우기를 지나

이곳 들판에 꽃으로 피어난다

빈터

당신은 지금 이곳에 없다
혼자 키를 키우던 배롱나무 그늘에
지난번의 생이라 불리던
흔적을 묻어 두었지만
시간을 베어 물고 하늘로 손을 뻗은
나뭇가지에 지난 시간이 사라졌다

가을은 새들의 날갯짓으로 날아와
집 앞에 당도하였다
저 새들의 소리를 울음이라 해야 하나
장대 끝에 매달려 지상으로 낙화하던 홍시를
두 손으로 공손히 받들던 손이
사라진 나무에
제 부리로 쪼아대는 까치들
마지막 가지에 매달린 붉은 열매가
기억하는 하늘은
새들의 날개에 부딪쳐 피를 흘린다
창고에 걸려있는 대나무 장대 끝에

지나간 시간이 매달려있고
기억들은 아직도 공간에 갇혀
탈출을 꿈꾸고 있다

잎을 떨구던 감나무의 한쪽이 빈터로 남았다

언어들

1. 生

    이번 생은 아무래도 너무 빨리 지나쳤다 너무 많은 시간 속에 묻어버린 말들이 나를 잡아넣기도 하였다 어떤 이들은 내가 던진 말을 가슴에 담아두었다가 내가 고독할 때 다시 열어보인다 그 속에서 잠들어있는 말은 전부 꿈꾸었던 미래의 언어들이다 책으로 엮어진 말들은 화석이 되어 서재에 잠들고 있고 내가 가두어둔 두 번째 언어들은 아직 서점에서 풀려나지 못하고 있다 나는 아무도 모르게 또 다른 언어들을 남은 시간에 던져놓았다 지금은 날마다 기억에서 도망가려는 말들을 수집 중이다

2. 바다

    내가 건져 올린 말들은 대부분 바다에서 태어났다 모국어를 배우고 익힐 때부터 바다는 그곳에 있었다 제일 먼저 익힌 단어도 바다에서 건져 올린 것. 바다가 없었다면 이번 생은 얼마나 쓸쓸했을까 가끔 등대까지 달려가 내가 던진 고독에 매달려오

는 말들을 건져 올린다 내가 잡아 올린 언어들은 전부 탁본되어
시집 속에 누워있다

3. 꽃들

정원에 핀 꽃들은 전부 언어의 비밀을 감추고 있다 내가 무심
했던 꽃의 비밀에 대하여 어떤 이는 꽃말이라는 단어로 비밀을
풀기도 한다 꽃의 비밀을 알고자 꽃말을 찾아갈 때 내가 알고
있는 꽃들은 낯선 얼굴로 다가온다 어떤 날에는 비밀을 들킨 꽃
들에게 말을 걸어본다 떠나간 님을 그리워하는 백일홍에게 위
로의 말을 걸어보기도 하고 개나리에게 희망의 소식을 물어보기
도 한다 내가 가꾸는 정원에는 꽃의 언어가 넘쳐난다

4. 시집

어쩌면 책장 속의 시집들은 밤마다 제 몸을 비우고 누워있는

지도 모른다 바다에서 건진 물고기들은 연어처럼 바다로 돌아
가 대서양을 건너가고 정원에서 꽃피웠던 꽃들은 계절을 건너가
청춘을 꽃피울지도 몰라 물고기와 꽃들은 자기만의 언어를 간
직한 채 밤새 노닐다가 새벽이면 돌아와 안식을 누릴지도 모르
는 일 책장에는 싱싱한 시어들이 살고 있다

언젠가 다시 만나리
― 고 이재부 선생님 영전에

봄의 황사도 떠나가고 우리들은
여름의 입새에 서 있습니다
진달래 개나리 피었다 사라지고
산국화 꽃 피우기 위해 제 몸을 털고 있는 계절
당신은 영원히 우리 곁을 떠나셨습니다
아니 영원한 나라에서
우리를 기다리고 있겠지요
이른 고개를 넘기며 써 내려간 시어들
미완성인 작품들을 남겨두고 가셨습니다
당신이 가르쳤던 제자들
당신이 사랑하던 시인들
당신이 사랑하던 가족들을 남겨두고
꿈꾸던 나라로 가셨습니다

지금 이곳에 모인 우리들은
당신의 조용한 성품을 기억합니다
온화한 미소로 모범을 보이던
당신의 품성을 기억합니다

봄의 뜨락에 개나리 피어나면
당신을 기억하겠습니다
여름 되어 장미 능소화 피어나면
당신의 따뜻한 미소를 기억하겠습니다
가을 뜨락에 국화가 만발하면
조용히 손잡아주던 당신의 모습을
기억하겠습니다
겨울에 흰 눈이 교회종탑을 덮어도
종소리 더 멀리 울려 퍼지듯
당신은 우리들 가슴에 영원히 남아있습니다

시(詩) 속에 시인(詩人)

이 재 부

시는 유혹의 언어인가. 술도 아닌데 취하게 만든다.

감동적인 시를 읽다보면 그 시에 도취되어 시인이 그리는 세상을 꿈꾸게 된다. 시의 정감에 동화되어 그가 쓴 또 다른 시를 찾게 되고, 감동이 반복되면서 그를 만나고 싶은 그리움의 세계를 만든다. 시정(詩情)이 사랑으로 변하는 파문이리. 황금 알을 낳는 봉황의 내면을 보고 싶은 욕망이리라. 호수에 달빛을 더하듯 투영된 심정의 출렁임이 아닐는지.

나는 특히 모정을 기리는 시에 유혹 당한다. 내 약점을 건드리는 시인의 시상(詩想)에 매료되어 동일시(同一視)현상을 일으킨다. 시인의 정서에 동행하며 처지를 공유하는 그리움의 병인지도 모를 일이다.

「암 병상에 누워있는 어머니를 흔들어 길을 나섰다/ 운전하는 옆 좌석에 한줌 가벼워진 어머니를 태워/ 해안도로를 달리는 오후/ 어쩌면 마지막일지도 모를 저 푸른바다를/ 가슴에 한 번 더 담아드리고 싶은데/ 썰물처럼 빠져나간 마음의 빈자리/…(중략) 창문을 두드리던 바다안개가/ 파도를 타고 넘어와 작별을 나누고 돌아선다// 긴 해안선을 천천히 달려 돌아오는 길/ 되돌아보니 바다가 하얗게 울고 있다/ 잠에서 깨어난/ 해안선 끝자락을 당겨 눈물을 닦고 있다.」

강동수 님의 시 「바다가 아프다」를 인용하면서도 나는 가슴이 멍멍하여 눈물을 흘린다. 그의 시혼(詩魂)에서 내 마음을 뗄 수가 없다. 어머니가 그리울 때 읽어보는 시다.

시 속에 흐르는 시정(詩情)이 그대로 독자 가슴으로 연결되는 승화 현상일까. 명화를 보거나 명곡을 들을 때 상상의 세계로 빠져드는 감정의 파고(波高), 그 출렁임일까. 아! 어머니! 그리움의 온기가 가슴으로 스민다. 받아보지 못한 어머니 사랑을 시 속의 시인의 감성으로 찾아간다. 하얗게 우는 바다를 시인과 함께 보며 유년에 잃어버린 어머니 사랑의 길을 다시 찾고 싶었다.

인생의 마지막 사춘기 마음이 이러할까. 순절(殉節)을 결심한 열부(烈夫), 열녀(烈女)는 아니지만 마음을 적시는 환희를 느끼면서 시인을 찾아갔다. 첫 번은 삼척 바다가 아름다워 시 속의 해변만 맴돌다가 되돌아왔다. 두 번째는 용기를 내어 찾아가서 만났다. 반갑게 마중 나와 맞아준 시인은 시 속의 시인 그대로였다. 시인임을 내색하지 않는 그였지만, 나는 벌써 그 내면으로 빠지고 있었다.

시인과 함께하는 대화는 또 다른 시다. 마음에 간직했던 시정을 넘나들면서도 시인의 상처를 건드릴까 봐 나 역시 시 속의 정경을 들어 내지 않는다. 슬픈 시상(詩想)의 현장에서 마음을 섞으면서도 호들갑 떨 수는 없었다. 그러나 무심한 듯 행동하지만 내면에서는 시 속의 어머니를 만나고 있었다. 시인이 보여주는 바닷가 평화 속에서 그리움 가득한 모정의 길을 혼자 찾아 가는지도 모른다.

해변 벼랑마을 시인의 어머니가 살던 집에는 효성의 꽃만 가득하다. 어머니 그리운 마음을 모아 꽃을 가꾸고 있었다. 사랑이 가득한 어머니 뜰에서 그리움에 흔들리는 바다를 본다. 하얗게 밀려오는 파돗소리를 시인의 가슴에서 듣고 있다. 평생 듣지 못하던 우리 어머니 목소리를 여기 와서 형상화한다. "편히 주무시고 쉬었다 가시라"는 다정한 그의 음성은 내가 그토록 듣고 싶었던 사랑의 말이다. 그리웠던 어머니 음성이 저러하리라는 생각을 하면서 그의 마음의 바다에서 기억나지 않는 어머니 허상을 만나고 있었다.

염치나 체면도 다 버리고 그대로 안착해서 쉬고 싶었다. 그의 곁을 떠나오면서도 가슴을 울리는 시인의 음성, 하얗게 우는 파도 소리가 내 마음속에서 떠나지 않는다. 시 속의 시인의 품으로 파고들어 시 사랑에 물들고 싶다.

시 속에는 시인의 삶이 보인다. 시 내면은 시인이 점령한 세계
다. 삶의 역경을 갈고 닦은 보석을 들어내지 않고, 은유로 감추
어도 독자에게는 내면과 외면이 함께 보인다. 시인을 흠모하는
뜨거운 마음엔 뚫고 넘나드는 섬광이 있나보다. 마음속에 깊이
침전되었던 정념이 하늘의 별이 되고, 달이 되며, 태양이 되어 시
인의 바다에서 파도를 탄다. 시인과 술 한 잔 나누면서 세상을
보면 온 천지가 사랑 빛이다. 푸른 대밭에서 밤새우는 달빛처럼
시 속의 애모지정이 대밭을 흔드는 바람이 된다. 세월의 나이
다 제쳐두고 달빛 파도를 타고 싶은 소년이 된다. 사념(思念)의
고독을 다 잃어버린 철부지가 되었다. 그 시인과 시를 만나고부
터….

(시인을 생각하며)

잃어버린 것, 혹은 잊어버릴 것,
그리고 사라지는 것들

박 해 림

(시인 · 문학박사)

잃어버린 것, 혹은 잊어버릴 것,
그리고 사라지는 것들

박 해 림
(시인 · 문학박사)

'집은 인간에게 안정의 근거나 또는 그 환상을 주는 이미지들의 집적체이다. 우리들은 끊임없이 집의 실재를 상상하고 되상상한다: 그 모든 이미지들을 구별한다는 것은, 집의 영혼을 말하는 것이 될 것이다.' 라고 한 바슐라르의 집에 대한 나름의 생각을 들여다보면서 강동수 시인의 시편 곳곳에서 발견되는 '집' 이라는 '공간' 의 의미를, 가치를 되새겨 본다. 삼척 바닷가 근처에서 살고 있는 시인의 집은 한쪽은 육지를 한쪽은 바다를 향하고 있다. 방향의 두 양태가 만들어낸 시인의 '꿈' 이 거기에서 비롯되며 그곳에서부터 새로운 집이 만들어져 격한 바닷바람을 맞받아치며 '그 집이 이젠 존재하지 않더라도 여전히 사라지지 않는 최후의 가치들이 자리 잡는다. 권태의 중심들이, 고독의 중심들이, 몽상의 중심들이 한데에 모여, 우리들이 태어난 집 여기저기에 흩어져 있는 추억들보다 더 지속적인 꿈의 집을 형성한다는 바슐라르의 말에 의미를 두고 싶어지는 것은 왜일까.

그의 시편들에서 만나는 세상은 강자와 약자, 가진 자와 가지지 못한 자, 속도와 문명의 충돌 내지는 비인간적, 냉소적 정서의 페이소스마저 느끼게 한다. 단순히 현실비판의 시라고 하기엔 뼈아픈 자각의 칼날이 옆구리를 찌른다. 소유하고 있는 물질이 이상이 되어서는 안 되며 꿈이 되어서는 안 된다고 가정과 학교에서 숱하게 가르침을 받지만 자고 일어나면 하등 쓸데없는 낭설이 되어버리고 마는 것에 일침을 박는다. 현실에 목을 매달아야 겨우 살아가는 사람들은 꿈을 가슴에 집안에 가두는 것이 아니라 키워내는 것임을 이 시집은 말하고 있다.

1.

강동수 시인은 현재 프로사진사로 생업을 삼고 있다. 틈나는 대로 아름다운 꽃밭도 일군다. 일상의 소소한 기쁨을 누리면서 그 작은 생명을 통해 성찰을 일구어낸다. 이번 시집을 통해 만나는 꽃의 시편은 그의 삶의 이면을 두루 보여준다. 삶의 향기란 내가 이름을 불러주는 것에서 비롯되지 않는다. 내가 먼저 가까이 다가가 함께 할 때 비로소 뿜어져 나오는 것이다. 앵글에 잡힌 세상이 그럴 것이다. 이번 시집은 그의 세 번째 역작이다. 일상을 하나 허투루 보내지 않는 부지런한 시인의 면모를 시편 곳곳에서 만날 수 있다. 시인의 정감 있는 체취가 물씬 풍기는 것이 이 시집의 큰 덕목이다.

그의 시편들은 크게 몇 가지로 나뉜다. 속도에 내몰린 도시화의 시대에서 점점 사라져가는 것에 대한 아쉬움, 극단에 내몰린 집단 이기주의를 들여다보는 것, 내면의 상처와 가족사, 익숙한 것과 낯선 것, 급격한 변화에 빠르게 적응해야 하는 숨 가쁜 현실, 강자와 약자의 논리가 그것이다. 관조와 해학과 풍자로 현실을 비판하고 일깨우지만 어쩔 도리 없다. 모른 척 넘어가면 그만인 것을 모른 척할 수 없는 시인의 현실 인식은 상처투성이로 남는다. 앞을 봐도 뒤를 봐도 현실은 늘 그렇듯 호락호락하지 않다. 그렇더라도 이상을 꿈꾸고 우러르는 것을 꺾을 수 없다. 허리가 꺾여도 한 걸음 한 걸음 앞으로 나아가는 작고 보잘것없는 존재들에 대한 연민을 가감 없이 보여준다. 오늘 우리가 잃어버린 것은 무엇인가. 잊지 말아야 할 것은 또 무엇인가에 대한 현실 직시의 따가운 성찰을 요구하는 것은 이 때문이다.

아래의 시를 살펴본다.

사람들은 그들이 지어놓은
이름 속에 갇혀 산다
스스로 지어놓은 이름은
래미안.힐스테이트.아크로빌
고상하고 아름다운 이름 속에
그 옛날 춘자.영자.말자도 살고 있다

이름이 불편한 말자.춘자가
새로 개명한 영애 희선이가 되어
몸이 불편한 이들과 싸운다
특수학교에 다니고픈 아이들을
용서할 수 없어 싸운다
고상하지 않은 학교가 싫어
오늘도 데모를 한다

길 건너 개명하지 않은
오래된 아파트가
몸살을 앓는다

—「아파트 혹은 아프다」 전문

언제부터인가 아파트 단지의 이름이 외국어 천지가 되었다.
입에 잘 익지도 않은, 낯선 이국의 언어로 포장되었다. 아파트

라는 주택 자체가 외국에서 들여온 형태와 형식을 가진 것이지만 처음엔 제법 설득력이 있었다. 우리식의 현대, 삼익, 설악, 대명, 무지개, 주공, 벽산 등등으로 이름만 들어도 그리 낯설지 않고 건설회사와 직결되는 이중의 효과를 가졌었다. 하지만 지금은 서로 경쟁하듯 낯선 외국어 일색이다. 애를 써서 이해하려 들어도 잘 들어오지 않는 '래미안, 힐스테이트, 아크로빌' 등등이다. 이러한 것에 냉소적인 시선을 보내는 시인은 '사람들은 그들이 지어놓은 이름 속에 갇혀 산다'고 보았다. 이 낯선 이름들에게 '고상하며 아름다운'이라는 수식어를 덧씌워놓음으로써 그 아파트에 입주한 '그 옛날 춘자, 영자, 말자'가 포장만 바꾼다고 내용 또한 달라지는가. 예리한 집게로 집어낸다. 따가운 냉소이다. 더 큰 문제는 아파트 근처에 있는 특수학교를 인정할 수 없어 데모를 하거나 투쟁하는 것이다. 집값이 떨어진다거나 그들의 고상함에 누가 되는 형국이 될 것이므로. '고상하지 않은 학교'가 싫어서 '오늘도 데모'를 하는 고상한 아파트의 사람들은 어디서 온 사람들인가. 사람과 사람 사이를 구분 짓고 이간질하는 '래미안, 힐스테이트, 아크로빌' 등등의 이름표를 달고 하늘 높이 쭉쭉 올라가는 신형 아파트들은 이 시대의 폭력자임을 시인은 고발한다. 본질을 잃어버린, 잊어버린 그 옛날의 '춘자, 영자, 말자'들은 어디서 왔는가? 냉소하며 되묻고 있다. 이들이야말로 특수학교가 필요한 장애를 앓고 있는 정신적 장애자가 아닌가 묻고 있는 것이다. 시인의 해학과 풍자는 여기서 그치지 않는다.

> 전철을 타기 위해 지하철 계단을 내려가는 길
> 건너편 벽에 보이는 포스터 문구를
> 읽어 내린다.
>
> -암캐 서울-
>
> 그래 서울은 암캐다
> 부지런히 새끼를 낳아 비좁은 공간에서
> 새끼를 품고 있는 우리 집 암캐 같은
> 비좁은 도시
> 계단을 내려서서
> 자세히 읽어보는 문구
>
> -함께 서울-
>
> ― 「암캐 서울」 전문

　모두가 오직 내 것을 외치고 있는 도시. 서울이다. 서울의 지하철 풍경에서 문득 발견한 문구 '함께'가 '암캐'가 되는 것을 보았다. 발음의 유사성에서 비롯된 것이라 해도 시인은 이것을 놓치지 않는다. '그래 서울은 암캐다'라고 정의한다. '부지런히 새끼를 낳아 비좁은 공간에서/ 새끼를 품고 있는 우리

집 암캐 같은/ 비좁은 도시'를 일깨운다. 우리나라를 일명 '서울공화국', '서울민국'이라 하지 않는가. 총인구의 절반 이상이 수도권에 모여 살아야만 살 수 있는 기형의 나라를 꼬집는다. 어딜 가나 차량으로 넘치고 어딜 가나 아파트로 넘치고 도로와 고가다리로 넘치는 나라. 그 한 가운데 '―함께 서울―'이 있다. 대한민국이 함께이면 안 되는가? 시인은 다시 묻는다. 꼭 서울이어야 '함께'가 성립되는가? 물론 지자체가 내건 멋진 구호도 있다. 그러나 다 알다시피 고래와 피라미의 형국이다. 그러다보니 기형으로 비대한 나라. 수도만 비대해졌다. '비좁은 공간에서 새끼를 품고 있는' 시인의 암캐의 집만 같은 거대도시는 음모로 가득 차 있음을 다음의 시에서 발견할 수 있다.

이곳에서는 우리가 알지 못하는 음모가
날마다 자란다.
간혹 새어 나온 비밀은
추자도 혹은 격렬비열도까지 날아가
격렬한 싸움을 하기도 하지
섬에서 살던 이들이 수년 후 사라져도
아무도 수배되지 않는다
잃어버렸던 얼굴들이 불쑥 개선장군이 되어 돌아오는 일도
이곳에서는 흔한 일이지
312호 또는 638호
각자의 방마다 비밀금고를 지키는 책사만이

밀봉된 비밀의 문을 여는 입을 가졌지
자신의 땅을 할당받은 이들은
수년째 입으로 농사를 짓고 있다
정해진 기한에 흉작이 찾아오면
송두리째 땅을 잃기도 하지만
이들에게 소작인은 수확기를 제외하면
언제나 힘없이 밟히는 잡초이다
오래 경작할수록 단단해지는 땅을 뒤로 두고
섬으로 섬으로 새로운 계략을 도모하는
이들이 모여들고 있다

봉분같이 솟아있는 지붕을 안고
서 있는 이곳에는
어떤 음모도 용서되는
큰집을 가지고 있다

　　　　　　　　　　— 「25시 여의도-국회의사당」전문

　정치적 현실을 비정치적 현실로 인식하고 있는 서민이 문제가
되는 것이라고 시인은 날을 세운다. '이곳에서는 우리가 알지
못하는 음모가/ 날마다 자란다…섬에서 살던 이들이 수년 후
사라져도/ 아무도 수배되지 않는' 이곳은 비록 죽을 죄를 지었
더라도 어느 날 '불쑥 개선장군이 되어 돌아오는 일도' 아주
뻔뻔하게 흔한 일임을 말한다. 뿐만아니다. '자신의 땅을 할당

받은 이들은/ 수년째 입으로 농사를 짓고' 있으며 흉작이 찾아와도 끄떡없다. 문제는 '오래 경작할수록 단단해지는 땅' 을 외면하고 여의도, 여의도로 계속 모여드는 것이다. 여의도란 '새로운 계략을 도모' 하기 위한 공간일 것이다. 시인은 이 공간에서 그 어떤 계략도 용납된다는 것을 꼬집는다. 그러나 무엇을 위한 계략이며 누구를 위한 계략인가. 국민을 위한 정책을 내세우면서 자신들의 안위를 위한 정책이 되는 이상한 구조를 가진 나라를 시인은 용납하기 어렵다. '봉분같이 솟아있는 지붕을 안고/ 서 있는 이곳에는/ 어떤 음모도 용서되는/ 큰집을 가지고' 있는 것을 뼈아프게 바라보며 오늘의 현실정치의 구조적 모순을 뼈아프게 지적한다.

오늘 아침 산책로에서 만난 사람들은
모두 가슴에 산을 품고 있다
저마다 k2 산봉우리가 아니면
몽블랑 혹은 히말라야
검은 소 한 마리 블랙야크까지
깊은 계곡으로 떠나고픈 마음들을 가슴에 달고
강변을 걷는 사람들
나는 이름 없는 산이 되어 그 속을 지나친다

모두가 산이 되고픈 아침
긴 산책로를 따라 달려가는 버펄로 한 무리

나는 이름 없는 등반가가 되어
산속을 헤집고 다닌다
흰 눈을 머리에 이고 말 없는 산들이
멀리 직립해 서 있는 산책길
그 산을 향해 달려가는 블랙야크
몽블랑 히말라야
산이 그리운 가슴들이 산책로에서
앞서 달려나간다
　　　　　　　　　— 「가슴에 걸린 산」전문

　　내 꿈을 위해. 삶의 이상을 위해 여의도로도 가지 못하는 사람들은 '모두 가슴에 산을 품고 있다'고 시인은 말한다. 산책로에서 만난 사람들은 '저마다 k2 산봉우리가 아니면/ 몽블랑 혹은 히말라야/ 검은 소 한 마리 블랙야크까지' 꿈꾼다. 일상의 삶은 수평적 삶이 아니라 수직적이거나 꺾인 삶을 요구한다. 마땅히 사람이라면 누구나 현실에 기반한 꿈과 이상을 노래하고 도달하고 싶기 마련이다. 그러나 아무에게나 주어지지 않는다. 그러니 산책로를 걸으면서 비록 등산복을 입고 산 대신 이 길을 택했으되 마음은 늘 먼 이상을 향하게 된다. 시인의 눈이 비친 산책로의 사람들은 단순히 운동을 위한 모습이 아니다. 높은 것을 우러르는 소망 또는 욕망이 현실의 각박함을 뛰어넘어 히말라야 등반을 하고 싶은 마음만큼, 이 땅에서 추구하는 만큼의 욕망을 이루고 싶은 것으로 보였다.

아래의 「그 집」은 그래서 매우 자연스러운 이 시대 서민의 선택일 수 있음을 보여준다.

> 그 집은 골목 안에서
> 오후의 햇살을 감추고 있다
> 일주일 단위로 복을 나누어주는 그 집에서
> 비밀스러운 숫자를 나누어 가지며
> 돌아서는 사람들
> (중략)
>
> 꿈을 잡은 이들의 숫자가
> 입구에서 펄럭이며 오는 이들을
> 반기는 그곳
> 햇살 따뜻한 날
> 그 집에 다녀와야겠다.
> ―「그 집」부분

'그 집'이라 불리는 집은 로또복권을 파는 집이다. '일주일 단위로 복을 나누어주는 그 집에서/ 비밀스러운 숫자를 나누어 가지며/ 돌아서는 사람들'을 만날 수 있다. 누구나 한 번쯤 샀을 법한 로또 복권은 극명한 양면을 가지고 있다. 대박을 꿈꿀 수 있다는 것, 돈만 버린 것이 아니라 꿈까지 내팽개칠 수 있다는 것, 이 선택을 들여다본다. '희망'은 어디서나 있을 수 있다는 희망과 '희망은 멀리 있지 않다고' 하는 희망은 '오늘도 잡힐 듯 잡히지 않는/ 행운을 팔고' 단순한 오락에 불과함을 시인은 잘 알고 있다. 그래서 기어이 '햇살 따뜻한 날/ 그 집에 다녀와야겠다'고 다짐한다. 산봉우리를 꿈꿀 수는 있어도 쉽게 가 닿지 못하는 것처럼, 지금 나에게 당장 필요한 것을 얻을 수는 없을지라도 끊임없이 시도는 해 봐야겠다는 다짐은 과연 '나' 만의 선택이고 생각일 것인가.

2.

'잃어버리다'는 소유한 물건, 감정이거나 관계 또는 본디 지녔던 모습을 상실했을 때에 요구되고 필요한 동사이다. 삼척 바닷가에서 살면서 얻은 것과 잃은 것을 오랫동안 보아온 시인은 무엇을 얻고 잃어버렸으며 무엇을 기억하고 잊어버려야 하는 것을 잘 안다. 그를 지탱해온 수많은 관계와 물건과 기억과 일상은 과연 어떠한 것일까. 그의 시에 나타난 수많은 대상을 통해 내밀한 마음과 숨 가쁜 희열, 때로는 관조하면서 쓸쓸하기 짝이 없을 정도로 되짚고 있는 감정의 응어리들을 만날 때 시인의 마음결이 만져진다. 아래의 시에서 그는 어떤 것을 잃어버렸을까.

지난가을에 심은 꽃이 피어났다
게으른 내가 겨울도 이겨내고
봄에 대지를 뚫고
스스로 피어나는 모종을 사다 심은
여름꽃
봄에 싹을 틔우더니
언제 피어났는지 밤새 만개하였다
내 앞에서 환하게 웃는 꽃의
이름을 부르려다 생각을 떨어뜨렸다
머릿속에 맴도는 이름
이제는 까마득하여
꽃 이름이 생각나지 않는다

나는 가끔 이름을 잃어버린다
꽃보다 아름다운
사람의 이름을

— 「꽃의 이름을 잃어버렸다」 전문

  꽃은 웬만한 조건이면 알아서 핀다. 자기가 언제 피어야 할지
안다. 낮에 피어야 하는 밤에 피어야 할지도 아는 것이다. 그럼
에도 굳이 '스스로 피어나는 모종'을 강조한 시인은 무엇이 염
려스러웠을까. '지난가을'에 심은 꽃이 봄을 거쳐 여름에 만개
한 것이 뭐 그리 특별할 것인가. 하지만 시인은 기특하게도 잘

피어 환하게 웃는 꽃을 보며 갑자기 아득해진다. 이 뻔한 절기의 순환 논리에 순간 마음이 먹먹해진 것이다. 꽃을 보고 생각나지 않는 대상이 사람이라는 것을. 잊어버린 것이 아니라 놓쳐버린 것이다. 그래서 '꽃보다 아름다운/ 사람의 이름'을 기억하지 못한 자신을 자책한다. 잊어버리지 말아야 대상이 안타까워서 '잃어버렸다'라고 말하고 싶은 것이다. 그것은 상실이며 존재확인의 뼈아픈 성찰이다. 자아의 뼈아픈 성찰은 여기에서 그치지 않는다.

바다가 보이는 언덕에 서 있었다
태초에 불었던 바람은 내 앞에 당도하여
힘없이 쓰러지고
난민처럼 언덕에 닿아
쉼을 얻는다

(중략)
온전히 바다만 바라보는 날에는
수평선의 경계도 사라지고
마음의 빗장도 풀어지는 날

(중략)
어둠이 건너오기에는 이른 시간
나는 태양의 축복 속에

언덕에 누워

마음을 내려놓는다

바람도

나도 조금씩 소멸되어 간다.

— 「바다의 언덕」 부분

풍랑의 경고를 무시한 배가

만선에 취해 돌아오지 않는

항구에 서보면 안다

깃발의 흔들림에 민감한 사람들은

내일의 기약을 바람에 예약해두고

산다는 것을

바다에 사는 사람들은

날마다

바람이 먹여 살린다

— 「바람의 부역」 전문

바람이 잦은 언덕은 바다를 향해 있다. 언덕 위, 드넓게 펴
진 세상이 바다인지 육지인지 잘 분간이 가지 않는 일도 많았
으리라. '태초에 불었던 바람은 내 앞에 당도하여/ 힘없이 쓰러
지고/ 난민처럼 언덕에 닿아/ 쉼을 얻'을 때 세상은 온통 수평
선 너머의 붉은 해로 가득하다. 바다이자 육지의 세상이다. '온

전히 바다만 바라보는 날에는/ 수평선의 경계도 사라지고/ 마음의 빗장도 풀어지'는 것을 본다. '나는 태양의 축복 속에/ 언덕에 누워/ 마음을 내려놓는다/ 바람도/ 나도 조금씩 소멸'되는 자아를 만난다. 언덕 위에서 바다를 바라볼 때 존재와 부존재란 마치 파도처럼 늘 뒤집어지는 것이어서 어떻게 할 수가 없다. 그냥 '소멸'되어갈 뿐이다. 가슴을 확 열어젖히며 깃발처럼 현실에 부대끼는 자아를 확인한다. 잊어버리거나 잃어버리는 선택에 놓일 수밖에 없다. 시 「바람의 부역」 역시 그러하다. 만선을 꿈꾸며 쉬 귀항하지 못하는 배는 존재가 위태롭다. 풍랑은 경고를 하지만 알면서도 받아들이지 못하는 뱃사람들은 스스로 소멸되어 갈 것을 모르는 것이 아니다. 버티고 버텨서 기어이 만선의 귀항을 꿈꾸어야 한다. 그래야 재탄생될 것이기 때문이다. 바람으로 부대끼는 현실에서 작고 보잘것없는 존재가 되어서는 결코 안 되기 때문이다.

> 바다에서 돌아오지 않는 배를 기다리다
> 지친 사람들이 굿판을 벌였다
> 그것은 태풍이 다녀가고 한참 후의 일
> 작두 위에서 춤이 흩뿌릴 때면
> 바다에서 맴돌던 이야기들이 살아 돌아와
> 굿판에서 울음으로 되살아나곤 하였다
>
> 농진 음악도 끝나고

모두가 돌아간 저녁이면 마을에는
해일이 밀려와 물속에 잠긴 사람들의
침묵만이 밤새도록
마을을 지키고 있었다

바다를 떠나지 못한 사람들은
바다에 저당 잡힌 사람들
어떤 이는 산목숨을
어떤 이는 죽은 목숨을
이곳에서 생은 언제나 반짝이는
등대 불빛처럼
찰나에 결정되곤 하였다
아직 돌아갈 곳을 찾지 못한
먼바다의 어선을 위하여
밤새 등대는 제 몸을 불태우며
바다 끝에 서서 잠들지 못하고 있다
　　　　　　　—「바다의 이력」 전문

　　바다를 배경으로 살아가는 사람들은 매 순간 목숨의 경계에
서 있다. 배를 타는 순간 내 목숨이 아니다. 풍랑과 만선의 교
차에서 마치 널뛰기를 하는 것처럼 생의 이쪽과 저쪽이 갈라진
다. 삶의 현장은 항상 날 선 것이어서 '바다에서 돌아오지 않
는 배를 기다리다/ 지친 사람들이 굿판을 벌였다/ 그것은 태풍

이 다녀가고 한참 후의 일/ 작두 위에서 춤이 흩뿌릴 때' 비로소 바다에서 돌아오지 않는 사람들은 '사람들의 울음'으로 증언된다. 바다를 떠나서는 살아갈 수 없으므로 '어떤 이는 산목숨을/ 어떤 이는 죽은 목숨을' 번제로 내어놓아야 한다. '이곳에서 생은 언제나 반짝이는/ 등대 불빛처럼/ 찰나에 결정되곤 하'므로 '밤새 등대는 제 몸을 불태우며/ 바다 끝에 서서 잠들지 못'한다. 이 모든 삶의 길이 바다로 난 때문이라는 것을 시인은 담담하게 보여준다.

시 「간격」에서도 이와 유사한 경계를 갖는다. '밤늦은 수업을 위해/ 넓은 신작로 길을 사이에 두고/ 기차가 오지 않는 철길로/ 다니던 때'의 기억을 가진 시인은 '한쪽 철로 위에 올라서서/ 외다리로 오래 버티어 보'았는데 '수평이 없는 곳에서의 불안은/ 오래 가지 않아 허공으로 무너지곤 하였다'라고 토로한다. 어린 시절, 이제는 아득한 생의 저쪽의 세계가 되었지만 '울음과 울음 사이에서 터널은 늘 불안에 떨'어야만 하는 그때의 현실은 여전히 지금도 전율로 남아 있다. '이제는 벚꽃 터널'이 생겼지만 앞의 시의 현실은 삶의 근간에 뿌리 깊이 자리한 것을 알 수 있다.

>   -조금 아쉬울 때 가는 것이 좋다
>   지금 떠나면 딱 좋다
>   슬퍼하지 마라-

영동고속도로를 달려
집으로 돌아오는 차 안
어머니는 슬픈 얼굴의 나를 달래셨다
(중략)

차창 밖
산등성이 위로
메마른 바람이 지나간다
계절을 떠나보내는 마른 억새들
소리 내지 못하고
속울음 삼키고 있다
— 「계절의 뒤안」 부분

이 시는 도시의 큰 병원을 나와 다시 집근처 병원으로 돌아오는 어머니의 모습이 얼마나 처연한가가 적나라하게 담겨 있다. 삶과 죽음은 누구에게나 공평하게 주어지지만 막상 그 입장이 되면 말로 이루 표현하기 어렵다. '조금 아쉬울 때 가는 것이 좋다/ 지금 떠나면 딱 좋다/ 슬퍼하지 마라'의 담담함은 이별을 준비하는 입장보다 듣는 이의 입장에 더 무게가 쏠린다. 이보다 더한 이별 준비가 있으랴 싶게 애잔하다. 어디에 시선과 마음을 두어야 할지 알 수 없다. 다음의 시, '밤의 길에서 달이 실종되었다…밤마다 아버지는 길을 잃어버렸다/ 바다에서 돌아온 지 오랜 시간이 되어도/ 육지에 불시착한 발걸음은 언제나 바다의 끝'(「달의 실종」)과 '밤이 깊어도 아버지는 오지 않았다/ 바다에서 아버지와 목숨을 걸었던 트롤어선은/ 항구에 정박한 지 오래'(「오래된 기억」이하)에서도 마찬가지다. '삐걱거리는 문을 열고 들어서면/ 화투 패에 또 다른 목숨을 걸고 있는 아버지/ 어머니의 외상 쌀값과 우리 형제의 밀린 육성회비가/ 아버지의 손끝에서 허공을 가르고' 이쪽과 저쪽의 경계에서 시인은 지난 시간과 오늘의 시간을 가늠한다. '아버지도 떠나고 술집 마담도 늙어버린/ 세월의 뒤안/ 바다로 떠난 형아를 기다리다 지친. 어머니도 떠나버린 빈집에서/ 오늘 눈물 어린 시 한 편을 쓰게' 하는 것이다. '행간과 행간 사이에서 돌림자를 찾아내면/ 잊어버린 기억에서 살아나는/ 따뜻한 피의 대물림/ 증조부는 할아버지를/ 할아버지는 아버지를/ 아버지는 나를…(「족보族譜 책을 넘기며」)'에 이르러 현존재의 안정적 사유에 귀착한다.

3.

살구나무에 봄이 내려앉았다
봄바람이 간지러운 나무는
작은 바람에도 몸살을 앓는다

톡

.

톡

.

살구나무에 열꽃이 피어난다

                 ―「몸살」 전문

정원에 바늘꽃이 피어난다

꿀벌이 다녀간 뒤

바늘에 찔린 구름이 울음을 쏟아내고

나의 정원에 피지 못한 목련이

제 몸의 양분을 끌어올리고 있다

한때 시들었던 줄기가 다시

잎을 도모하듯

나의 생각에도 꽃이 피어나는가

오늘 다녀간 구름이 내일 다시 올지도 몰라

그것은 밤에 피어나는 별들에게 예약된 일

(중략)

불안한 꿀벌들이 꽃들 사이로

지문을 남기고 지나가는 사이

나는 오늘 목마른 한 잎의 임파첸스에

물을 뿌린다

정원이 살아난다

                 ―「정원에 꽃 피다」 부분

이름도 생소한 꽃을 분양받았다
-핫립세이지
정원 한쪽에서 서서히 피어나는 입술
붉은색 입술을 가지고 있는 그녀는
정원의 모든 꽃들에게 추파를 던진다
아 뜨거운 입술이라니..
따뜻한 입술에 입맞춤한 나비는
그날 이후
정원의 꽃들에게 골고루 입술을 나누어 주고
겨울을 이겨내고 싹을 틔우던
정원에는 행복한 꽃들이
날마다 사랑을 피워낸다

— 「핫립세이지」 전문

    시인의 정원에 봄이 왔다. 혹한의 시간을 지나온 살구나무는 '작은 바람에도 몸살을 앓는다' 한 계절이 가고 한 계절이 온다는 것은 쉬운 일이 아니다. 삶의 팝진함을, 거친 눈보라를, 손발을 꽁꽁 얼리는 현실의 뼈아픈 현장을 고스란히 거쳐야 한다. '한때 시들었던 줄기가 다시/ 잎을 도모하듯/ 나의 생각에도 꽃이 피어나는가/ 그것은 밤에 피어나는 별들에게 예약된 일'일 뿐만 아니라, '구름이 또다시 비를 안고 돌아올지도/ 모르는 계절'이 왔으므로 이제 정원을 가꾸어야만 한다. 누구에게나 봄은 기다림의 때이다. 인내의 결과물이다. 시인이 꽃을 가꾸고 정원을 돌본다는 일은 그의 삶의 영속성을 의미한다. 바다로 난 삶의 길에서 육지로 이어지는 삶은 서정적 발화체이다. 격한 현장에서 돌아와 일상의 소소한 기쁨을 맞아들이는 시인의, 한낮의 평온을 느낄 수 있으며 희망과 감성의 물결이 냇물 흐르듯이 지친 그의 발등을 씻어준다.

'자고 나니 봄이 사라졌다/ 꼭 이맘때면 나타나는 일이다.… 꽃을 피우려던 봉오리들도/ 꽃씨를 심으려던 손길도/ 잠시 방황하는 시간/ 그사이 붉은 동백은 피고 지고/ 작년에 사다 심은 매화나무/ 겨울과 봄 사이에서/ 길을 잃었다'(「꽃샘추위」) 봄은 그저, 그냥 오는 것이 아니라 계집아이 숨바꼭질하듯, 이럴까 저럴까 망설이는 사이 필 것은 피고 질 것은 지는 계절의 독한 순환논리에 마음의 빗장을 연다. '이름도 생소한 꽃을 분양받았다/ —핫립세이지/ 정원 한쪽에서 서서히 피어나는 입술…정원의 꽃들에게 골고루 입술을 나누어 주고/ 겨울을 이겨내고 싹을 틔우던/ 정원에는 행복한 꽃들이/ 날마다 사랑을 피워' 내는 시인의 정원은 더 없이 안온하다. 정원을 가꾸는 시인의 손과 숨결 그리고 건강한 다리가 있어 그 어떤 해풍과 강풍에도 일상과 삶과 사랑을 잘 가꾸어 나가리라는 새로운 관계의 확인이다.

1.
수시로 몸을 바꾸다

사라지는 구름의 주검을
미스터리라고 부른다
끝까지 하늘을 바라보지 않는 이들이
분주히 거리에서 사라지면
뒤늦게 도착하는 구름의 부고장
시간이 지난 부음에 아무도 오지 않는다고
바람이 급하게 전하고 사라진다
구름의 죽음은 영구미제 사건으로
하늘에 기록되었다

2.

아침에 보았던 태양이
몸의 색깔을 바꾸고 산에 걸렸다
어둠을 불러오는 마지막 붉은 선혈을
산에 토하고 사라지는 것을
해의 죽음이라고 해야 하나
아무도 조등을 달지 않는 죽음을
떠나보내며 사람들은
내일의 희망을 얘기한다

3.

잠깐 봄인가 생각할 때
피었던 벚꽃도
바람 불던 날을 지나고 사라졌다

다시 봄바람 불어올 때까지

기억하지 않을 벚나무가

검은 열매를 달고 있다

꽃피우지 못하는 것들이 도열해있는

가로수 길을 걸었다

산에 걸려 붉게 울던 태양이

모습을 지울 때 나를 미행하던

그림자가 사라졌다

—「사라지는 것들에 대하여」 전문

　각각 독립적 연으로 구분된 한 편의 시 「사라지는 것들에 대하여」는 구름, 해, 봄을 대상으로 나타났다가 사라진 것, 생성되었다가 소멸된 것, 바뀌었다고 생각했다가 어느새 사라지고 없는 것들에 대한 일종의 기록물 같은 것으로 자연상관물의 속성을 있는 그대로 묘파했다. 돌아서면 사라지고 없는 대상에 대한 두려움과 경외 그리고 환희는 긍정도 부정도 아니다. 긍정인가 하면 부정이 되고 부정인가 하면 긍정의 등식으로 매겨진 순수자연상관물이지 않은가. 과연 시인은 무엇을 말하고 싶은가. 얼핏 보면 부정적 인식의 발로일 것으로 보이나 사실은 긍정의 극치를 말하고 싶은 것은 아닐까. 사라지고 죽는다는 것은 그 자체로 완결되는 것이 아니다. 반복적 조건의 등식에 놓여 우리의 삶이 그렇듯 버리고 취하고, 취했는가하면 다시 버림으로써 전혀 새로운 것을 획득하는 구도를 가졌다. '사

라지는 것들' 은 이미 새로 태어나는 것을 전제로 말해짐은 아
닌가. 과거와 현재 그리고 미래에 대한 조건은 늘 그러할 것이
므로.

1.
묵호라고 나직히 부르면 까닭모를 슬픔이
밀려온다
낡은 양은 냄비 같은 이름 묵호
아침에 떠오르는 햇살 같은 동해로 지명이 바뀌었지만
나에게는 아직도 해진 뒤 파장하는 시장 통 같은 이름
어판장을 메우던 오징어 때 다들 사라지고
선원들 육두문자 해풍에 날아간 묵호는
더 이상 묵호가 아니다
그 옛날 차 한 잔에 웃음 팔던 나폴리다방
머리에 광주리 이고 언덕배기 오르내리던 방울장수
지금은 논골담길에 화석으로 남아있는 동네

2.
안묵호인지 암묵호인지 확인되지 않은 지명으로
불리던 이름은 언제나 어스름한 어판장과
질펀한 뱃머리의 생선 같은 동네였다
오징어가 풍년이면 가난한 연탄창고와
부엌의 쌀독에 살이 찌는 시간

집집마다 마당에 코가 걸린 오징어가
햇볕에 몸을 말리면 산꼭대기부터
동네가 살아난다

3.
묵호의 그리움으로 살아가는 곳에 서있었다
지나간 일들을 어제처럼 들려주는 옛사람들이
동네를 지키고 있고 어판장이 내려다보이는 곳에
복원된 나폴리 다방에는
그 시절의 노래가 흐른다
이곳은 추억으로 양식이 되고
그림이 되는 곳

동해안 7번 국도에는 아직도 묵호가
살아서 숨을 쉬고 있다
                                    ―「묵호」전문

　시「묵호」는 읽는 이로 하여금 가슴을 먹먹하게 한다. ‘묵호
라고 나직이 부르면 까닭 모를 슬픔이/ 밀려온다’라고. ‘낡은
양은냄비 같은 이름 묵호’라고 말할 땐 그 예전의 묵호라고 썼
던 시대의 향수가 왈칵 밀려오는 것이다. 지금은 ‘동해’라는
지명으로 불리지만 ‘묵호’라 부르면 그 시절의 정서와 분위기
가 비릿하게 풍겨오기 마련이다. ‘나에게는 아직도 해진 뒤 파

장하는 시장통 같은 이름/ 어판장 메우던 오징어 떼 다들 사라지고/ 육두문자 해풍에 날아간 묵호는/ 더 이상 묵호가 아니다' 리고 시인은 선을 긋는다. 있어야 할 것들이 더 이상 존재하지 않으니 묵호가 아닌 셈이다. 사라지고 만 것들이 어디 한 둘인가. 지명과 과거의 흔적이 점점 삭제되어가는 무지막지한 도시개발 논리도 이와 마찬가지일 터이다. 그러나 아직은 시인의 머릿속에 가득찬 묵호는 그대로다. '안묵호인지 암묵호인지 확인되지 않은 지명으로/ 불리던 이름은 언제나 어스름한 어판장과/ 질펀한 뱃머리의 생선 같은 동네였다.' 라고 떠올린다. '오징어가 풍년이면 가난한 연탄창고와/ 부엌의 쌀독에 살이 찌는 시간/ 집집마다 마당에 코가 걸린 오징어가 햇볕에 몸을 말리면 산꼭대기부터/ 동네가 살아' 나는 곳이 묵호였음을 시인은 세세하게도 밝히고 있다. 이제는 오징어까지 씨가 마를 정도로 동해는 삭막한 바다로 바뀌어 있다. 단순히 예전의 향수를 노래하는 것이 아니라 우리가 진정 잃어버린 것이 무엇인가를 콕 집어서 말하고 싶은 것이다. 점점 삭막해져가는 이 시대, 이대로 갔다가는 어느 틈엔가 내가 사는 동네까지 죄다 추억의 저편으로 밀려날지 모른다는 두려움이 인다.

강동수 시인의 시집 「사라지는 것들에 대하여」는 이 시대의 뼈아픈 성찰을 요구한다. 나, 너, 그리고 우리 모두에 대한 것이다. 타자를 먼저 볼 것이 아니라 자아를, 그리고 우리 모두 함께 자신과 현실을 돌아보아야 한다는 것이다. 시편 곳곳에서 희망을 이야기했지만 정작 희망은 크지 않다. 작고 보잘 것 없는 것, 낡았으되 집의 시간과 추억과 기억의 손때묻은 정취, 아직 남아 있는 훈훈함을 껴안자고 한다. 시인은 단순히 비판을 목적으로 한 것은 아니다. 더 높이 더 멀리 행복이 있다고 여기는 사람들의 점점 높아가는 고층빌딩의 열망이 너무 슬프다. 깨부수고 새로 짓는 것 말고 옛것의 소중함을 들여다보아야 한다는 것이다. 상처를 통해 정면으로 자신을 직시함으로써 존재에 대한, 삶에 대한 희망을 노래하고 나누고 싶다. '재단이 잘못되어 밑단이 서로 붙어있는/ 문학지를 받았다/ 한 장씩 칼로 도려내어 읽어 나간다/ 서로 붙어있지 않았으면/ 헐겁게 읽었을 시어들// 입 다물고 잠들어있는 문자를/ 한 장씩 도려내며/ 행간을 읽을 때마다/ 선혈이 낭자한 언어들이 말을 건넨다// 시는 그렇게 써야 한다고/ 시는 그렇게 읽어야 한다고' 라고 시인은 나직이 힘주어 말한다. 이 시대에 시인이 이 정도는 해야 한다고 말이다.

| 강동수 |

- 2002년부터 《두타문학》으로 시 창작 활동을 시작하였으며, 2008년 계간 『시와산문』으로 등단했다.
- 2009년 한국문인협회에서 주최한 제19회 대한민국장애인문학상에서 『폐선』으로 최우수상을 수상
- 2010년 구상솟대문학상에서 『감자의 이력』으로 대상을 수상
- 2014년 〈국민일보 신춘문예 신앙시공모〉에 당선
- 2015년, 2016년, 2018년 강원문화재단, 한국문화예술위원회 창작기금을 수혜
- 현재 삼척에서 프로사진가로 활동하고 있다.
- 시집으로 『누란으로 가는 길』 『기억의 유적지』가 있다.

시와소금 시인선 092

사라지는 것들에 대하여

ⓒ강동수, 2018. printed in Seoul, Korea

1판 1쇄 발행 2018년 12월 30일
지은이 강동수
펴낸이 임세한
책임편집 박해림
디자인 유재미 정지은

펴낸곳 시와소금
출판등록 2014년 1월 28일 제424호
발행처 강원 춘천시 충혼길20번길 4, 1층 (우-24436)
편집실 서울시 중구 퇴계로50길 43-7 (우-04618)
팩스겸용 (033)251-1195 / 휴대폰 010-5211-1195
이메일 sisogum@hanmail.net

ISBN 979-11-86550-85-4   03810

값 10,000원

강원문화재단
Gangwon Art & Culture Foundation

- 이 시집은 2018년 강원도 강원문화재단 문예진흥기금으로 발간하였습니다.